うれしい近況

Singer/Songwriter

あなたとの電話をラジオと呼んでいた私書箱に死があふれる夜は

食券で迷ったときは左上、みたいになぐさめられてうれしい

たくさんの ｍ で芝生を描いたから棒人間でねむりませんか

誰だろう毛布をかけてくれたのは　わからないからしあわせだった

ボサノバの流れる店にいるときのつい空中を見ている時間

言いかけてやめてやっぱり最後まで話してくれた　うなずきながら

ロボットのように涙が　いつぶりの有観客の有にまぎれて

うれしくてさびしい副詞〈たちまち〉はライブや虹の寿命のための

いきのびる　Singer/Songwriterのニュアンスで朝/夜をむかえて

鳴らさずに鳴らすアコースティックギター　こころにふれるならそのように

ステレオ

おさらいに遡ってく前巻をだいぶ覚えてなくてたのしい

落としもののスヌーピーを葉桜につるすここで終わったっていいように

いつもおなかがすいている印象のいつもおなかがいっぱいのひと

うしろから3曲目?のやつよかったね　お互いおぼろげを泳ぎつつ

ふたりして好きなんでしたこの曲の夢が You may に聞こえるところ

見つかってうれしい在庫検索の紙を見せてくれる　なんて顔

パフェ越しにぜんぜん写ってくれていい　またいつかゆっくり来ましょうね

ぼろ負けのオセロぜんぜん悔しくない広いソファーに変なあぐらで

ない家の間取りをああだこうだしてこの夜更かしは売りものになる

めのまえにあなたの口はひとつなのに頭のまんなかで声がする

春の湯かげん

あげるのにもらった気分　巣みたいにラッピングしてもらった陶器皿

いま買ったレコードを見る　出てすぐの階段の夕日の踊り場で

２枚目のスタンプカードのはじまりを押すとき未来を祈ってくれた

遠い人の最寄り駅までやってきて駅構内がどこもまぶしい

ここからは動物園も行ける、　ってわりあい遠いのに自慢げに

こんな店あったのかあ、　の言い方でこの街を好きなんだとわかる

「まめざらに似合うおはぎが見つかって」　猫のつがいの話題みたいに

室温を外の温度で冷ましつつ春のお湯かげんはいかがです？

レコードをくれたお礼にレコードに見えるお皿でふるまうカレー

どんっ　これは「任せなさい」の胸叩き　ヒグマを仕留めた銃声じゃない

ON AIR

空気いる？　自転車置き場に猫がいてタイヤがふくらむまで見てくれる

公演日までが遠くてこの遠さコンサートって感じでいいな

春といえば鳴らしていない自転車のベルがほのかに鳴ってくる道

おかわりを最初とおなじにしてしまうおひつごはんのおいしいお店

トランクを　よっ　と浮かせてやり過ごす段差あたりに旅のたのしさ

在廊のイラストレーターさんの手のペンがうごいて空気がうごく

音楽にふれているとき出てしまうあくびは〈生きる〉に差しこむ休符

〈LOVE〉と銘打たれた展示をあとにして　あとにしたくなくてふりかえる

スケルトンを平成っぽいと思うとき令和っていま言うならなんだろう

ほとんどは持って歩いた日の帰路にジャケットをハグみたいに羽織る

SOMEDAY

ちょうどいい気温にふれてごきげんな七分の袖をはみだした腕

白っぽい空をバックに白い雲　おしゃれ上級者のそれらしく

一生って早いよね、ってどこにでも見られる花をよろこびながら

ドーナッツ屋さーん、と呼んでみたくなるどうぶつが出てきそうなドーナツ屋

売り切れていたけどお店のひとがいて明るい声で交わした言葉

どの店もゆかいな高低差の街でみるみる減っていく体力だ

あらすじにふれずに話してくれている大切だった絵本のことを

一度ではわかりきれない夜にいてSOMEDAYがそこかしこに光る

ながいさよならになるなら春服をハンガーラックに吊るす軽さで

食べさせたくて食べさせてくれたクレープのことがメロディみたいによぎる

パンとヘブン

新幹線が止まるのが不思議な駅の歩けばじきに海へ出る道

病院へうさぎを連れていくようにパンが詰まったかばんを抱いて

天国っぽいねと言いかけて違う　極楽浄土でしっくりとくる

加工したほうがきれいになる海の結局デフォルトに戻すまで

洋楽を静かに鳴らしているカフェで聴かせてくれているメガヒッツ

会話から離れたときにみえてくる風景　あってないような今日

キャラメルを包んでいた紙をくれるそれからキャラメルを渡される

鶴にするために正方形にした長方形のかわいい余分

固形燃料が小さくなってゆく時間をおみやげにもらいたい

考えてみたら怖いね　考えてみても怖くなくて怖くなる

近い遠足

私鉄みたいなＪＲ　ＪＲみたいな私鉄だと思ってた

沿線の景色が浮かぶ／浮かばないひとが一緒に立つ始発駅

充電が持たなくなったイヤフォンを乳歯のコレクションみたいにさ

ぬいぐるみみたいに石をなでる手が星のこどもと信じ込むまで

もらいもののお菓子の長い賞味期限　お守りのつもりかよ　つもりだよ

２階まで急階段のＣＤ屋　生きているあいだは通いたい

試聴機はいつもどこかが壊れてる　ごめんじゃないけどごめんと思う

タクシーに流れるコマーシャルを見る　忘れてしまうからこわくない

遠足の帰りの電車のなかの気分　釣れたぬいぐるみを抱きながら

You are so に続く言葉をみつけたい〈訳者あとがき〉みたいな熱の

遠い気配

住んでいた町での夏を思い出す２番の歌詞で歌う感じに

期限日の４連パックヨーグルト　パキパキ鳴らしてたら起きてくる

ニュータウンにサンダルの音　人がいる気がしない気がほんとうにする

無課金でいける限界までいった街を見せてもらうバスの中

行ってみたいコインランドリーの画像　いちばん明るくして見てもらう

いいひとがいいひとのこと嫌ってる画面を暗くして膝を抱く

無くなると知って最後に来た店のともあれにぎやかな寿司パック

やっぱり、と踵を返して撮りにいく後ろ姿をおさめたくなる

ベースライン。　とだけメッセージがあってベースラインのかっこいい曲

あなたとは次の90年代を巡ってもいいラジカセ提げて

Minimum Emotion

待っていたバスが視界に来たときの「逃げなくちゃ」って感情のこと

スニーカーを乾かす箱がかっこいいハンバーガーを添えて撮りたい

ひとりだけ違う光を見つめてた　死んじゃうよ、って声がするまで

注文に声を張れない３人で２回に１回は通らない

焼酎にガリガリ君をほぐしつつやさしい真顔をして怒るのね

スタジアムバンドのフロントマンかよ、 が通じて笑ってくれるそのように

酔ってない　車窓におでこをあててみる　大きなことを言った気がする

音ゲーの上級みたいに過ぎていく夜景のどこになら生きられる？

先に夢を捨てたひとからめいめいに幸せになれるならなってくれ

おもむろに愛のことばを　起きなくていい日に鳴っている目覚ましに

Blanks

花と花に眠る犬の絵　ふんだんな余白が棺だと思わせる

たいせつな絵本を入れるアメリカの柔軟剤が香るトートに

パソコンに小さく鳴らす音楽は暗さも明るさも咎めない

今日の今日なのに遠くを来てくれた部屋着みたいな声をしたまま

ノーミスのゲーム動画を見た夜は死んだみたいに眠れるらしい

名曲を聴かせるみたいに見せている好きな区間の夕方の空

大丈夫なのは知ってる　話半分に聞くから打ち明けてみて

図書館の水がおいしいきっとまた好きじゃなかったこと好きになる

生活がファンタジックで欲しくなるお金のあった時代の漫画

冷房のにおいの中で話してる近況みたいに未来のことを

大きなあくびをするように夕日がとつぜん明るくなって、まるの目にうつるぜんぶがオレンジに染まりました。ゆれる波間や空にたゆたう鳥のむれ、駐車場に休んでいるたくさんの自動車、「うどん・そば」の大きなのぼり、コンビニの看板の緑、道路の灰色や「とまれ」の白、ハンドルをきつくにぎるおかあさんの日よけの手ぶくろ、となりで寝息をたてているおとうとのよだれ、床に置かれた水色のバケツ。どこに目をやってもオレンジで、けれど、どのオレンジも違う色をしていました。

「これはきねんになる。」

そう思って、まるはおとうさんにスマートフォンを借りると、かたっぱしからオレンジを撮りあつめていきました。水色だったことをすっかり忘れているようなバケツを撮ろうとしたとき、底にぎっしり詰まったあさりたちが水を吹き上げて、たちまちオレンジ色の噴水になりました。

高速道路に入ってしばらくすると、夕日のあくびはおさまって、夜の支度をはじめるように、オレンジのあかりが点々と灯りました。短いトンネルをいくつか抜けたあと、いかにも先の長そうな、口を大きく開いたトンネルがあらわれました。トンネルのなかのあかりは、さっき見たどのオレンジよりも濃い色をしていました。暗い空洞をねむたげに照らすそのようすを、まるは、映画が始まるまえの映画館のようだと思いました。車のなかではラジオだけが音をたてていて、起きているのは自分だけのような気がします。足のゆびとゆびのあいだですっかり乾いた砂浜の砂が、ゆびをうごかすたびにきれいにはがれるのが気持ちよくて、まるはその感触をたいせつに味わいました。

映画館のトンネルを抜けると、夜はすっかりおやすみをすませていました。あんまり暗くて、まるはさいしょ、トンネルのあかりがぜんぶ消えた！とおどろいたのでした。

「夜は夜でも、ほんものの夜」

なぞなぞの問いのようにつぶやきながら、まるは、じぶんがこれまで見てきた夜は、夜ではなかったのかもしれないと思っていました。それほど深い、夜の底だったのです。車のライトが照らしだす、ほんの数メートル先の他にはなにも見えず、夜の海にいっぽんひかれた道路を走っているような気がしてきます。このままずっと行けば、どこか他の国へたどりついてしまうかもしれません。まるはふいに心細くなって、気がつくとラジオの音に耳をすませていました。まっくらやみのなかでラジオから誰かの声がするのはふしぎな感じです。たき火に手をかざすように、まるの耳は声を受けとりました。

「続いてのおたよりは、ラジオネームたかはしさん ɜ のおたよ wio り fdjf じゃ L;うお W パ mrえw・jりえ…」

ラジオのひとは、ときどき耳慣れないことばを交えて話しました。昼間にずっと聞いていた波の音のようなことば。その波に耳をゆだねるうちに、まるはだいたいを聞き取れるようになっていきました。と、そのとき。

「ああ、そこの！」

ラジオのひとがとつぜん大声でさけびました。

「そこ！　そこを走っている車のかた！」

まるはどきりとしました。

「そう！　あなた！　あなたです！」

まるはぐるりと見わたしますが、変わらずまっくらやみがあるだけです。

「リスナーのみなさん！　なんといま、当番組初の、ほんもののリスナーのかたとお電話がつながっています！」

借りたままのスマートフォンがポケットでふるえはじめました。まるはおそるおそる取り出して、電話にこたえました。

「もしもし」

「こんばんは！」

ラジオのひとは、もう長いこと、気をぬくとながいという感覚を忘れかけてしまいそうになるほど、とにかくもうずっとずっと長いあいだ、自分の住む町に人の姿を見ていないと言いました。町の窓あかりがどんな色をしていたか、もう思い出せないと言いました。リスナーのおたよりはぜんぶ、ラジオのひとが自分でこしらえたものでした。ラジオのひとは、まるに、一度でいいからほんもののおたよりを読みたいと言いました。

「リスナーのみなさんもきっとよろこびます」

電話を切って、まるはすこしかんがえてから、夕日の大あくびのときに撮りあつめたきねんのオレンジを送ることにしました。まっくらやみのなかで、スマートフォンの画面に小さく敷きつめられたいろいろなオレンジは、団地の窓あかりのようでした。濃いオレンジ、淡いオレンジ、まぶしいオレンジ、ゆがんだオレンジ、水色のオレンジ、噴水のオレンジ。写真が届くたびに、ラジオのむこうでラジオのひとがよろこびの声をあげ、いつしか、すすり泣く声に変わりました。もうこれでようやく、長い夢から足を洗えると言いました。くりかえされる感謝のことばに波の音がまた混じりはじめるのを耳にしながら、まるは、足のゆびとゆびのあいだを、砂の感触をなつかしむようにまごつかせました。

○

空港から乗りついだバスのなかは静かで、起きているのは自分だけのような気もするし、他の乗客もみんな同じことを思っているような気もします。ねむけざましに、つめたい窓におでこを押しあてると、遠くに団地の窓あかりが見えました。どの窓のどのオレンジもすこしずつ違う色をしていて、いろんな国のはちみつの瓶を眺めているような気がしてきます。窓ガラスのつめたさを心地よく感じているうちに、まるはまた小さく寝息を立てはじめました。

さらばえたいね

毛づくろいされたい猫と聴いている毛づくろいみたいなアルペジオ

夜だからさびしいなんて嘘じゃない？　さびしいだからさびしいじゃない？

大好きな街の嫌いな街角でイルミネーションきれいはきれい

本持ってきすぎでしょうよ　入場の持ち物検査で笑ってくれる

レイトショー帰りのホーム　伝説になるくらいならさらばえたいね

じゃあまたの場所でモバイルバッテリー返してくれる　帰ってしまう

地下だってことを忘れて巡ってた地下街　ふたりとも薄着でさ
この夜景　市バスの高さから見たらもっとだよ、って坂道の夜

切に　歩道橋からビデオ通話して映画みたいな夜　祈ってる

ピアノリフ　近づいてきている春の光は川につまさき立ちで

うれしい近況

そんなふうに春だって知る缶コーンスープどこにも買えなくなって
光ってる川を川だと気づかずにみてた気づいてからはまぶしく

プードルの黒が桜の咲きかけの真下を高架下の川沿いの
今すごく東京にいる縦長の間口の狭いファミマの奥で

近影でリュックを背負っている著者のリュックのきっとたのしい中身

番号でタバコを買っていくひとのコートの薄い生地かっこいい

ボーカルの話すうれしい近況のうれしいピークで鳴るハイハット

チョーキングするとき切なそうになる顔　人間の素敵な癖だ

隠しごとを打ち明けるなら春の夜の廻るタイプのジャングルジムで

ここになくても困らない電飾のここをゆくときうれしいふたり

じゃらじゃらさせて

ラジオから夢のさなかのように声　明日でツアーが終わるバンドの

漫画なら見開きの夜　網戸から吹き出しで来るベランダの声

玄関の前でじゃらじゃらさせてみるじゃらじゃらしたくて買ったキーホルダー

花をみつけてネットにあまり出てこないほうの名前で教えてくれた

急に近いから名前が出てこない覚えたばかりの鳥なんだけど

ザ・花鳥風月だねと言うどこがザなのかわかるひとといるから

見納めの今年の桜　全国区の部活の声のなか散っていく

靴紐をなおしてるのか泣き出したのか　靴紐をなおしてたのね

入ったらちょうど曲終わりの拍手みんな夢から覚めない顔で

ああ好きでよかったなっていうライブ　今から帰路が待ち遠しいよ

世界遺産

タイマーに間に合わなくて髪の毛のみだれたままの冬の一枚

きみの撮るきみの近所はうつくしい世界遺産も間近だろうね

黄金比のポップソングが流れてるラジオ　洗濯物たたんだよ
裾がいい服を着ていく今日たぶん俯きがちなわたしのために

好きになりそうな新曲　カラフルな青果売り場で好きになります

撫で肩をすべる鞄をなおすとき　ごめん、が癖で出る　手をほどく

電車まだ大丈夫ですか？　遠回りになるけどおすすめの帰り道

かけ忘れた眼鏡をかける　生きてみる　外し忘れた眼鏡を外す

I wanna be your プレーンな星　金型が１００円ショップにもあるような

過ぎた日が遠ざかるほどその日したグータッチからまばゆい光

リリースパーティ

思い出そうとしたら出せる遠足はリュックの紐に親指かけて

絵に描いたようなピクニック日和にほんとうに行ってみるピクニック

百個でも足りない　一個でも足りる　そんな二匹でにぎるおむすび

We are now arriving at　テイラー・スウィフトの似合う高速道路を抜けて

たよりない薄いカーディガンを揺らす五月の風のごちそうだこと

出てきそう　IKEAの青いバッグからこの世にいきわたるおべんとう

前を向いたまま後ろにいるひとと笑う友達みたいな時間

ＣＤを出してよスペシャルサンクスで好きな接続詞を教えてよ

誰にでもわかるパスワードでひらく今日のよかった時間の写真

このisの使い方もうなつかしい　誘ってくれてisありがとう

遠い人

きみだけはずっとケータイって呼びそうな　それを思って泣きそうになる

まとめたら月々安くなるものをかなしい気分のとき見たくない

「暗い曲ばっかが好き」とうれしそう変に薄着の腕をさすって

似合わんね　カート・コバーンのネルシャツはカート・コバーンあってのもので

万札が千円札にばらけてく　また会えたことまだ嘘みたい

ヨドバシはいつ来てもクリスマスのにおい、　ってまぶしそうにしている声の主

カラオケの歌い出し欄たのしくてかなりの時間それで過ごした

たやすいね　好きが嫌いになることのスチール缶のこんな冷え方

もう少しお金あったらよかったね無いなら無いでとかないよねえ

一発屋だったバンドの二発目をあると信じているきみだけは

みちるとうつる

タワレコを出て水を飲む　トイレまでのタワレコではないエリアを歩く

本当はできる　みたいにふれたとき本当を鳴らす展示のピアノ

袋から飛び出しているポスターに空気がふれる　浮かれているよ

失くしたら死んじゃうかもというピアス　薄い布団によくひっかかる

テレビ売り場の訃報特番　立ちどまる人が悲しいかはわからない

しょんぼり、に出てくる絵文字　この中のいちばん軽い落ちこみ方で

おなかいっぱいでＵＦＯキャッチャーのギャラリーにまぎれて待ってます

水を買うのには慣れない　実際に心が満ちていくSaturday Night

夜道ラブ　眼鏡に心がうつる夜　ジュースを飲んでジュースをあげる

背景に路地のおしゃれな看板を　車が来てるから死なないで

Wired

音楽は四本足のお友達　夜の散歩を好んでせがむ

イヤフォンに糖度を書いて売っている天使の耳が聴きわける音

挫折したんよ、っておぼろげに見せてくるバレーコードのきれいなフォーム

ほんとうに？　置いてけぼりに思うときそこは先頭かもしれないよ

ミュージックビデオ　プロモーションビデオ　8bitの国家斉唱

待ちかねた新譜が流れるケーブルはなりますよ命綱のかわりに

シールドをギターアンプに差すときに剝がれる神のかさぶたの音

タワレコであなたが1位になっている　無い記憶で指折りのお気に入り

彗星が尾を引くようなアウトロを抱きとめてから告げる曲名

今はもう嫌い　好きだった記憶をプレーンテキストで貼り付ける

Happiness

ラジオから子音の冴えた洋楽だ　おはよう　起きるから鳴っていて
曲名がわからないままＣＭへ　そういうさよならっていくつある？

ステッチのほつれをほつる　好きなシャツだからそうなっても好きだから

好きだった朱赤のニットカーディガン　朱赤の袖を泳がせた冬

愛せそう？　一生聴けんままの曲　知らんところで光ってる星

いい写真　いつにもまして元気ではなさそうだけどお元気ですか

仮縫いで継いでくような日々いつかどでかいシロクマでもつくろうか

死してなお茶の間に響く歌みたい雪の光に雪が光って

見たいなあ、みたいなものが古くなる　見えるものだけ見ているうちに

ハピネスが尾を引いている　ハピネスはやわい毛並みの夜行生物

そえて、そえて

補助犬が眠りを恋のようにする国際線の光のなかで
撫でながらよぎったりする明日がくれれば平均寿命の犬のせなかを

おぼろげなローカルルールで進まないＵＮＯのさなかに撫でられるねこ

ひどいこと言ってしまって夢のなかとはいえ言われるよりこたえてる

捨てるため傷つけたCD-R　光が春を連れてしみこむ

人間でいえば何歳、ってあれさ　知ったところで、って話じゃない？

ギターの穴がすきだったねこ　たましいはピックガードの花野にとけて

愛犬を愛犬だったなと思う思うときその愛の不在に

教科書のつよくひらいた折りぐせのここにまで換毛期のきみは

耳で追う　add9th がとけている高速道路の光の糸を

かわいいと言わない

声をだせば声がきこえる寝室でそのことが罰みたいに光る

冬の息　できないことをかわいいと言わないきみの吐き出す光

レンチンのパスタをたべる　最近のおいしいね、って同時にしゃべる
ジャケットで損をしているアルバムを損の分まで愛してこそだ

歩いたら案外近い一駅の「近い」って言うとき距離じゃない

後半にかけてかなしくなる予感　ポップコーンの底をまさぐる

品出しのコンテナに欲しいおにぎりが　きみのもらい方のかっこよさ

解散のお知らせの画像　こんな白いステージの光みたいな白で

人が嫌いで人が好きだな降る雪に手を差し伸べてしまう感じに

ように、から先は読みたくないようような詩のようにたとえばさよならを

Disc2

へたに連絡はできない　ゲームでもして生き延びてくれていたらな

Sundayも Dayも日なんて日本語のバグを愛して眠っていたい

歩道橋の下から歩道橋を撮る今日はこれからかなしい時間

エスカレーターが平らになるところ隠れた名曲みたいな駅の

ガチャガチャがたくさんある場所へ行こう　さみしいし立ち話もなんだから

ゆるかった坂がとつぜん坂になりたぶんふりかえるといい景色

押し当てる頬　（生きていて）　オレンジのランプまばゆいまばゆい窓に

乗ってきた電車を夜に見やるときあんなまぶしい中にいたっけ？

銭湯の〈ゆ〉がまふたつに割れていくからだを置いてさめていく夢

Disc1　さみしいことがうれしいに変わりはじめるころ　Disc2

本書は、「Singer/Songwriter」「ステレオ」「春の湯かげん」「ON AIR」

「SOMEDAY」「パンとヘブン」「近い遠足」「遠い気配」「Minimum Emotion」

「Blanks」は、Webマガジン『OHTABOOKSTAND』（２０２３年2月～7月）、

「FMオレンジ」は、『飛ぶ教室62号』（光村図書）、

「さらばえたいね」「うれしい近況」「じゃらじゃらさせて」「リリースパーティ」

「Wired」「Happiness」「そえて、そえて」「Disc2」は、
ニュースレター『たやすみなさい通信』（２０２２年2月～２０２３年3月）、

「遠い人」は『胎動短歌 collective vol.2』、

「みちるとうつる」は『胎動短歌 collective vol.3』、
ほか著者SNS等にて掲載されたものに、一部改変を加えて掲載したものである。

岡野大嗣

おかの・だいじ。歌人。2014年に第1歌集『サイレンと犀』、19年に第2歌集『たやすみなさい』（ともに書肆侃侃房）を刊行。18年、木下龍也との共著歌集『玄関の覗き穴から差してくる光のように生まれたはずだ』、19年に谷川俊太郎と木下龍也との詩と短歌の連詩による共著『今日は誰にも愛されたかった』、21年に第3歌集『音楽』（ともにナナロク社）を刊行。21年、がん経験者による歌集『黒い雲と白い雲との境目にグレーではない光が見える』（左右社）を監修した。2023年度NHK Eテレ「NHK短歌」選者。反転フラップ式案内表示機と航空障害灯をこよなく愛する。

うれしい近況

2023年10月12日第1版第1刷発行

著　者　岡野大嗣

発行人　森山裕之

発行所　株式会社　太田出版
160-8571
東京都新宿区愛住町22　第3山田ビル4階
電話　03-3359-6262
Fax　03-3359-0040
HP　https://www.ohtabooks.com

印刷・製本　株式会社　光邦

ISBN　978-4-7783-1894-9
C0092

装丁　名久井直子

写真　岡野大嗣

編集　藤澤千春